LES CENDRES D'UN EMPEREUR,

POÈME EN TROIS ÉPOQUES;

Par Henri Dottin.

Expende Annibalem : quot libras in Duce summo
Invenies? JUVÉNAL.

PARIS,
CHARLES GOSSELIN, LIBRAIRE,
9, RUE SAINT-GERMAIN-DES-PRÉS.

1840.

LES CENDRES

D'UN EMPEREUR.

OUVRAGES DU MÊME AUTEUR.

CENT ET UNE EPIGRAMMES DE MARTIAL, traduites en vers français, avec le texte en regard et des notes. — Paris, 1838.

LES NOCES DE THÉTIS ET DE PÉLÉE, poème de Catulle, traduit en vers français, suivi de *Poesies diverses*, et précédé d'une *Notice sur Catulle*, de M. de Pongerville, de l'Académie française. — Paris, 1839.

FABLES EN QUATRAINS. — Paris, 1840.

BEAUVAIS, IMPRIMERIE D'ACH. DESJARDINS.

LES CENDRES

D'UN

EMPEREUR,

POÈME EN TROIS ÉPOQUES;

Par Henri Dottin.

Expende Annibalem : quot libras in Duce summo
Invenies? JUVÉNAL.

PARIS,
CHARLES GOSSELIN, LIBRAIRE,
9, RUE SAINT-GERMAIN-DES-PRÉS.

—

1840.

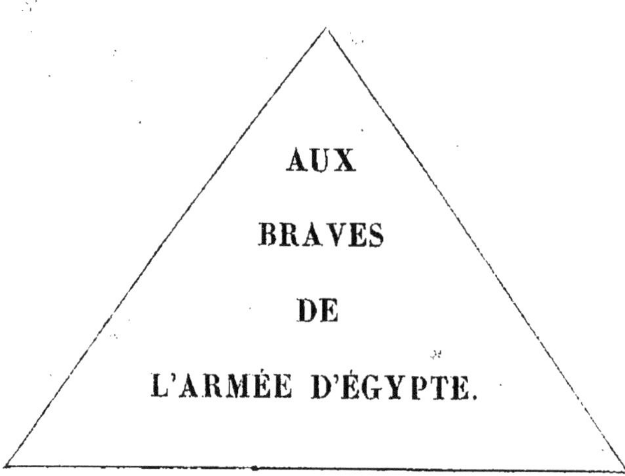
AUX
BRAVES
DE
L'ARMÉE D'ÉGYPTE.

WATERLOO.

1815.

WATERLOO.

1815.

I.

IL avait, dans son vol hardi
A travers l'Europe alarmée,
Promené, du Nord au Midi,
Les étendards de son armée.

Comme un laboureur dont la main
Répand le blé sur son chemin,
Héros favori de la gloire,
Partout où se portaient ses pas,
Il avait semé le trépas
Dans les sillons de la victoire.

Il avait du Nil effrayé
Abordé les brûlans rivages,
Et, dans maints combats, foudroyé
Du désert les hordes sauvages;
Des cieux sans cesse conjurés
Contre ses soldats attérés,
Il avait bravé la furie,
Et, du bruit lointain de son nom,
Rempli les échos de Memnon
Et les plaines de la Syrie.

Il avait gravi les sommets
Des Alpes aux cimes blanchies,

Que, jusqu'à cette heure, jamais
Nuls pieds humains n'avaient franchies;
Et, parmi ces étroits sentiers,
Guidant des bataillons entiers
Dont sa voix doublait le courage,
De l'avalanche et des glaçons,
Qui brisaient ses pesans caissons,
Il avait méprisé la rage.

Il avait dit aux Rois : Je veux
Et vos sceptres et vos couronnes;
Et les Rois, soumis à ses vœux,
Etaient descendus de leurs trônes.
Il avait vu, dans leurs desseins,
Déjouer tous les assassins
Dont le fer menaçait sa vie;
Et sous les moissons de lauriers
Conquises par ses vieux guerriers,
Il avait étouffé l'envie.

Après avoir ainsi, vainqueur de toutes parts,
Renversé bien des forts, des villes, des remparts,
Sous ses pas ébranlé la terre,
Et fait pâlir d'effroi tant de grands généraux,
D'orgueilleux souverains et d'illustres héros,
Au seul bruit de son cimeterre;

Après avoir long-tems, aux coupes du destin,
Bu le brillant espoir d'un avenir certain
Pour le vaste empire qu'il fonde;
Après avoir enfin, dans un rêve enchanté,
Aux arrières neveux de sa postérité,
Légué la conquête du monde :

Un jour vient : jour menaçant,
Jour de vengeance et de sang,
Où ce monarque puissant
Voit de l'Europe acharnée
Les soldats, par millions,
Fondre, comme des lions,

Sur ses rudes bataillons
A la face basannée.

Un jour vient : jour de malheur,
Jour de deuil et de douleur,
Jour de sublime valeur,
Où sa gloire est éclipsée,
Où les projets éclatans,
Qu'il formait depuis vingt ans,
Avortent en peu d'instans
Dans le sein de sa pensée.

Ce jour, c'est Waterloo! jour où d'un beau trépas,
La garde, en combattant, meurt et ne se rend pas!

II.

Dans l'ombre de la nuit, la pluie à torrens tombe
Sur la terre où bientôt l'on creusera la tombe

D'un empire aussi grand que l'empire romain.
Seul, dans sa tente assis, Napoléon qui veille,
Paraît triste et rêveur...... Ce qu'il était la veille,
Le sera-t-il le lendemain?

Oh! quels brûlans pensers, quelle horrible tempête
Doit agiter ses sens, bouillonner dans sa tête,
En songeant que demain, au retour du matin,
Il lui faudra livrer ses hautes destinées,
Tant d'avenir, de gloire acquise en vingt années,
Au sort d'un combat incertain!

Tandis que par l'effroi de cette sombre idée,
Qui le poursuit partout, son âme est obsédée,
Un spectre devant lui se présente..... Interdit,
Le géant des combats, l'œil fixe, le regarde,
Déjà de son épée il a saisi la garde;
Quand soudain le spectre lui dit :

« Pleure, Napoléon, pleure ta bien aimée,

» Ta belle étoile qui s'éteint ;
» Pleure ton vieux drapeau, pleure ta grande armée
» Morte sous les coups du destin !

» Glorieux moissonneur, ta moisson est finie,
» Abandonne aux glaneurs ton champ ;
» Capitaine, voici l'heure de l'agonie,
» Entends-tu son lugubre chant?

» Ecoute....., l'on dirait que le tonnerre roule
» Dans les nuages sa fureur ;
» Non, non, c'est le fracas de ton trône qui croule.....
» Soldat, tu n'es plus Empereur ! »

— « Tu mens, spectre, ce titre, il m'appartient encore,
» C'est le brillant soleil dont l'éclat me décore,
» C'est lui qui rehausse mon nom.
» Eh ! pour le soutenir, dans mon infanterie
» N'ai-je plus de soldats, dans mon artillerie,
» Dis moi, n'ai-je plus un canon?

» Je puis, je puis toujours braver l'Europe entière,
» Sous le poids de mon pied courber sa tête altière,
» L'anéantir, si je le veux.
» De briser mon royaume on conçoit la pensée !
» Et qui donc oserait, dans sa rage insensée,
» Toucher un seul de mes cheveux ?

» Oui, spectre, c'est toujours Empereur qu'on me nomme ;
» Dans l'univers en vain tu chercherais un homme
» Qui le niât : il n'en est point.
» Oui, je conserverai sceptre, Empire, couronne,
» Tant qu'il me restera pour défendre mon trône,
» Le tronçon d'une épée au poing. »

— « Adieu, répond le spectre, adieu mon capitaine,
» Tu me retrouveras..... »
— « Où donc ? »
— « A Sainte-Hélène ! ! »

Et posant sur sa main un front tout soucieux,

Napoléon attend que l'aube, dans les cieux,
Annonce à l'univers la sanglante journée
Où par la trahison la gloire est détrônée.

III.

La trompette qui sonne et le tambour qui bat,
Donnent de toutes parts le signal du combat.

En avant, soldats du Caire,
En avant, soldats d'Eylau;
Dans les champs de Waterloo
Le monde vous considère.
Beaux escadrons, en avant,
Sabre au poing, crinière au vent.

Vos fougueux coursiers en nage,
Se cabrent, en frémissant,

Rongent leurs mors pleins de sang,
Et demandent le carnage.
Beaux escadrons, en avant,
Sabre au poing, crinière au vent.

Dans les rangs de l'Angleterre,
Au Mont Saint-Jean, le trépas
Ecrase tout sous ses pas,
Et de corps jonche la terre.
Beaux escadrons, en avant,
Sabre au poing, crinière au vent.

Mais, à travers la fumée
Qui s'élève des combats,
Que voit-on venir là bas?
C'est Bulow et son armée.
Beaux escadrons, en avant,
Sabre au poing, crinière au vent.

Soldat, redouble de rage :

Plus leur nombre grossira,
Plus ton âme sentira
Grandir encor son courage.
Beaux escadrons, en avant,
Sabre au poing, crinière au vent.

Le brave Ney qui s'élance,
Sème partout la terreur;
Le tigre a moins de fureur,
Le flot moins de violence.
Beaux escadrons, en avant,
Sabre au poing, crinière au vent.

Puis, Kellermann à leur tête,
Fondent les lourds cuirassiers,
Roulant comme des glaciers
Emportés par la tempête.
Beaux escadrons, en avant,
Sabre au poing, crinière au vent.

IV.

Ne chante point encor victoire, ô pauvre France!
Voici, voici venir l'heure de la souffrance,
L'heure de ton martyre, où, par la trahison,
Tu vois de tes soldats égarer la raison.
Ecoute, France, écoute, au sein de la campagne,
Un cri qu'en son essor l'épouvante accompagne.
Comme un faon dans la plaine, il court, vole, bondit
A travers tous les rangs. Cri fatal, sois maudit!
Et vous, lâches Judas, dont la bouche flétrie
A, dans ce jour de deuil, vendu notre patrie,
Que vos noms, par l'opprobre imprimés sur vos fronts,
Vous livrent en tous lieux à d'éternels affronts!

V.

La mort va jeter sa semence
Dans le vaste champ des combats ;
Elle va prendre ses ébats
Dans le grand duel qui commence.

— Entends-tu le canon gronder,
Grouchy, Grouchy, pourquoi tarder?

France, en cet instant de colère,
Tout ton courage est accablé
Sous le nombre, comme le blé
Sous le fléau qui bat dans l'aire.

— Entends-tu le canon gronder,
Grouchy, Grouchy, pourquoi tarder?

En cet instant de funérailles,
L'infâme étranger boit ton sang,
Et, tel qu'un lion rugissant,
Il dilacère tes entrailles.

— Entends-tu le canon gronder,
Grouchy, Grouchy, pourquoi tarder?

Oui, France, tes fils intrépides,
Qui jamais n'ont bronché d'un pas,
Sans peur attendent le trépas,
Fermes comme les pyramides.

— Entends-tu le canon gronder,
Grouchy, Grouchy, pourquoi tarder?

Tes enseignes sont renversées,
Et, sous la dent des léopards,
Tous tes escadrons sont épars,
Tes légions sont dispersées.

— Entends-tu le canon gronder,
Grouchy, Grouchy, pourquoi tarder?

Ton Empereur dans la bataille
S'élance, l'épée à la main :
Il veut se frayer un chemin
Et succomber sous la mitraille.

— Entends-tu le canon gronder,
Grouchy, Grouchy, pourquoi tarder?

Des braves que l'honneur inspire,
Luttent encor, mais vainement,
Afin de mourir noblement
Sur les ruines de l'Empire.

— Entends-tu le canon gronder,
Grouchy, Grouchy, pourquoi tarder?

Point de honte de ta défaite,

France, ta belle armée est là;
Avec orgueil contemple la,
Telle que la mort te l'a faite.

— Entends-tu le canon gronder,
Grouchy, Grouchy, pourquoi tarder?

Mais tout se tait : la nuit qui tombe
Tient chaque glaive suspendu,
Et dans la plaine a répandu
L'affreux silence de la tombe.

— Le canon cesse de gronder,
Grouchy, Grouchy, tu peux tarder.

VI.

Le voilà dépouillé de son manteau de gloire,
Le héros du destin, le Dieu de la victoire,
Le puissant Roi des Rois! Ses pieds ont trébuché
Dans la fange et le sang où son sceptre est couché.
Pauvre Empereur déchu qu'on admirait naguère,
Quand ses fougueux soldats traînaient son char de guerre
A travers les remparts, les trônes, les cités,
Qu'un signe de ses yeux avait épouvantés!
Pauvre Empereur déchu, jadis maître du monde,
Confondu maintenant dans cette foule immonde
Qui rampait sous le joug du code souverain
Gravé par son poignard sur des feuillets d'airain!
Pauvre Empereur déchu, maintenant solitaire,
Abandonné de tous, n'ayant plus sur la terre
Que la place où l'attend un éternel repos!

Pauvre Empereur déchu qui voit tous ses drapeaux,
Déchirés si souvent par de nobles blessures,
D'un perfide étranger subir les flétrissures!
Pauvre Empereur déchu que raillent les valets
Engraissés par son or, au sein de ses palais!
De lui-même il n'est plus que le pâle fantôme :
Le mont si haut s'écroule et se change en atôme.

VII.

Quel est ce capitaine assis près de la mer,
Et qui regarde au loin blanchir le flot amer?
C'est l'illustre martyr!.... Des fers de l'esclavage
Quand on l'eut garotté, quand le lointain rivage
De la France eut enfin disparu pour jamais :
« Adieu, s'écria-t-il, ô France, désormais
» Je ne te verrai plus!..... adieu, ma grande armée,
» Si terrible au combat, toi que j'ai tant aimée!

» Nous n'irons plus ensemble, impétueux volcans,
» Soulever sous nos pas la poussière des camps.
» Adieu.... de tes exploits, si féconds en merveilles,
» Le touchant souvenir enchantera mes veilles;
» Oui, tu seras toujours le rêve de mes nuits,
» L'amante qui viendra consoler mes ennuis,
» Le baume de ma plaie, et la douce rosée
» Qui calmera les feux de mon âme embrasée.
» Adieu, vous tous aussi, fidèles généraux
» Qui n'avez point livré votre maître aux bourreaux,
» En ce jour jusqu'alors sans égal dans l'histoire,
» Où le vainqueur honteux rougit de sa victoire.
» Adieu, mes étendards d'Arcole, de Memphis,
» d'Austerlitz, de Wagram... adieu, mon pauvre fils!...

Puis, le grand Empereur, sur son cœur gros d'alarmes,
Laissa tomber soudain et son front et ses larmes.

VIII.

L'aigle a pris son essor, après avoir jeté
Dans l'air un cri plaintif : où s'est-il arrêté ?

LE CINQ MAI

1821.

LE CINQ MAI

1821.

I.

Regarde ce rocher qui dresse vers la nue,
Au sein de l'Océan, sa crête aride et nue :
C'est là que dans son vol l'aigle s'est abattu.
Et le rocher lui dit : Aigle altier, d'où viens-tu?

Et l'aigle lui répond : Je reviens de la France;
D'y retourner jamais j'ai perdu l'espérance;
D'un long crêpe de deuil son trône est revêtu.
Et le rocher lui dit : Aigle altier, que veux-tu?

Et l'aigle lui répond : Des palais du tonnerre
Je veux me rapprocher, je veux placer mon aire
Sur ton front par le vent des tempêtes battu.
Et le rocher lui dit : Aigle altier, qu'attends-tu?

Et l'aigle lui répond : J'attends, j'attends un homme
Que, sans frémir d'effroi, nul monarque ne nomme;
Que les peuples ligués ont long-tems combattu.
Et le rocher lui dit : Aigle, qu'espères-tu?

Et l'aigle lui répond : Sur ta cime sauvage
Mourir après six ans d'un cruel esclavage.
Et l'aigle et le rocher restent silencieux;
Puis paraît une voile à l'horizon des cieux.

II.

Comme il semble orgueilleux de sa riche carène,
Ce superbe navire ! Avec tant de fierté
Il marche sur la mer, que l'on dirait la reine
Des ondes, parcourant leur vaste immensité.

Sans doute, ce navire, il est beau ! mais qu'importe
Un inutile éclat ! ce n'est point sa beauté
Qui le rend aussi fier : non, le fardeau qu'il porte
A seul fait naître en lui cet air de vanité.

Voyez, voyez, là-bas, sa voile qui se bombe
Au souffle de l'autan, comme un sein oppressé ;
Voyez-le, voyez-le bondir comme la bombe,
Sur le dos écumant des vagues élancé.

Le voilà! le voilà! près des bords il arrive,
Et semblable au cheval, au frein obéissant,
Guidé par le pilote, il touche enfin la rive;
Puis, sur la plage, un homme, au front pâle, descend,

Et dit: « Quel est le nom de ce roc?» — « Sainte-Hélène.»
Sous le poids de ce mot il reste anéanti,
Et bientôt il entend une voix surhumaine
Qui lui criait : « Eh bien! le spectre a-t-il menti? »

III.

Fuis, car ce stérile rivage
T'ouvre la porte des enfers;
Fuis, car, ici, de l'esclavage
Pour toi l'on a forgé les fers.
En vain tu voudras, capitaine,
Relevant ta tête hautaine,

Briser les armes de l'affront;
D'une bave que rien n'efface
L'on osera souiller ta face
Et l'auréole de ton front.

Fuis, car dans ta coupe tarie
Le fiel à longs flots va couler;
Fuis, fuis, car ton âme flétrie
Dans les douleurs va s'exhaler;
Fuis, car il faut plus de courage
Pour dévorer en paix l'outrage
Qu'un lâche imprime à notre nom,
Que pour s'en aller, intrépide,
Affronter la balle rapide
Ou la colère d'un canon.

Oui, de cette île redoutée
Garde-toi jamais d'approcher;
Fuis, car le sort de Prométhée
T'attend aux flancs de ce rocher :

Déjà le vautour sanguinaire,
Sur le pic où s'étend son aire,
Aiguise un bec ensanglanté;
Déjà, plein d'une atroce joie,
Il a, des yeux, couvé la proie
Offerte à sa voracité.

Non, il ne fuira pas! sur ce roc solitaire,
Le destin veut qu'il soit en spectacle à la terre,
Que son exemple apprenne aux pasteurs des humains,
Qu'un sceptre est un hochet qui se casse en leurs mains
Aussi facilement que le vase fragile
Dont les doigts du potier ont façonné l'argile.

Non, il ne fuira pas! il faut que le malheur
Sur sa joue amaigrie étale la pâleur,
Et creuse le sillon d'une profonde ride;
Il faut que les tourmens sèchent sa lèvre aride,
Que le poids de sa chaîne engourdisse ses pas;
Il faut qu'il meure enfin! Non, il ne fuira pas!

IV.

Qui pourrait, sans pleurer, oui, qui pourrait décrire
Les maux qu'il a soufferts dans son cruel martyre,
Et toutes les horreurs de sa captivité?
Chaque jour on livra son âme à la torture;
L'on fit taire en son cœur le cri de la nature;
Le repos de ses nuits ne fut point respecté.

Quand il disait : J'ai soif; à sa bouche livide
L'on présentait le bord d'un vase presque vide.
Quand il disait : J'ai faim; à ses pieds l'on jetait
Le morceau de pain noir que mange la misère.
Peut-être l'eut-on vu, moderne Bélisaire,
Au passant mendier ce qu'on lui disputait!

Savez-vous, savez-vous quel est le nom du lâche,

Qui, sur notre Empereur s'acharna sans relâche,
Et, comme un vil serpent, se glissant dans son sein,
Se plut à déchirer sa poitrine ulcérée
Par le venin rongeur d'une langue acérée?
Savez-vous, savez-vous le nom de l'assassin?

Oh! non, ne craignez pas que je veuille le dire
Cet exécrable nom que je saurai maudire;
Il salirait la page où ce vers est écrit!
Mais, en lettres de sang, au carcan de l'histoire
Puisse-t-on l'attacher! C'est l'œuvre expiatoire
Qu'on doit au souvenir de l'illustre proscrit!

Ah! quand après six ans d'une horrible souffrance,
La mort enfin sonna l'heure de délivrance,
Et du pauvre exilé vint ouvrir le tombeau;
Aux baisers du trépas que tout homme redoute,
Lui, tranquille et sans peur, il a souri sans doute,
Et son suprême jour fut son jour le plus beau.

V.

Tempête, dont la voix roule dans les ténèbres,
Et répand au loin la terreur,
Mugis, mugis toujours : j'aime tes glas funèbres,
Bien dignes de notre Empereur !

Gronde, gronde.... Bientôt de ce brillant génie
Le dernier rayon aura lui :
Sur ce lit regardez cet homme à l'agonie;
Cet homme qui se meurt : c'est lui !

Allons, debout, Capitaine!
Entendez-vous le clairon?
Votre victoire est certaine,
Vite, ceignez l'éperon.
Avec votre grande armée

Par votre voix ranimée,
Votre étendard éclatant,
Courez, courez, hors d'haleine,
Braver encor dans la plaine
L'univers qui vous attend.

Allons, debout, Capitaine!
C'est le moment de frapper;
Et l'Europe si hautaine
Sous vos armes va ramper.
Vos royaumes et vos trônes,
Vos sceptres et vos couronnes,
Les voilà : reprenez-les!
Et tous les rois de la terre,
Que votre présence atterre,
Redeviendront vos valets.

C'est en vain! c'est en vain!... Celui qu'on vit naguère,
Quand les peuples tremblans jetaient leur cri de guerre,
D'un seul bond, voler au combat,

Est là, sans mouvement, comme une froide pierre;
Ses yeux ne peuvent plus soulever leur paupière,
Son noble cœur à peine bat.

C'est en vain! c'est en vain!... Déjà rayé du nombre
Des êtres de ce monde, il n'est plus rien qu'une ombre.
Venez, monarques effrontés,
Vous pourrez, à loisir, le contempler en face;
Ses prunelles n'ont plus de regard qui vous fasse
Devant lui fuir épouvantés.

VI.

Mais, dans l'air retentit un son vague d'épées,
L'une contre l'autre frappées,
Un roulement de chars dont les bruyans essieux
En criant ébranlent les cieux.

Ah! sors de ton sommeil, Napoléon, regarde
Tes anciens généraux, les soldats de ta garde
Autour de toi rangés, et de tes vétérans,
Pour la dernière fois, parcours encor les rangs.
Ils ont secoué tous le linceul de la tombe,
Afin de saluer leur Empereur qui tombe.
Regarde, les voilà! N'est-ce pas qu'ils sont beaux,
Ces fronts cicatricés, ces drapeaux en lambeaux,
Ces vêtemens poudreux, ces crinières flottantes,
Ces visages bronzés et vieillis sous les tentes,
Ces casques, ces mousquets, ces sabres, ces canons,
Et ces fiers grenadiers dont tu connais les noms!

Silence....! Voyez-vous, voyez-vous le grand homme
Lentement, sur son lit, comme un pâle fantôme,
Se dresser. Tous ses sens paraissent agités.
Les yeux fixes, il parle : écoutez! écoutez!
« Mes fidèles soldats, quelle joie imprévue
» Dans mon cœur palpitant renaît à votre vue!
» Ah! mes braves, merci, vous tous qui n'avez pas

» Oublié votre maître, à l'heure du trépas.
» Je meurs sur ce grabat où chacun m'abandonne.
» A mon dernier soupir, France, je te pardonne!
» Objets toujours chéris dont mon âme rêvait,
» Pourquoi n'êtes-vous point assis à mon chevet?....

» Que n'a-t-elle jadis, cette mort où j'aspire,
» Frappé d'un même coup l'Empereur et l'Empire!
» Hélas! que n'ai-je pu, dans les champs du combat,
» A la tête des miens, succomber en soldat!
» Oui, c'est votre destin qu'en ce moment j'envie,
» O vous dont la mitraille a moissonné la vie.
» Pourtant, mes jours! au sort je les avais offerts!
» Mon Dieu! qu'il est cruel d'expirer dans les fers!

» Que vois-je? Brave Ney, sur ta noble figure,
» Quelle balle, en passant, a fait cette blessure
» Que je ne connais pas? Tu n'eus point le bonheur
» Non plus de succomber aux plaines de l'honneur.
» Réponds, réponds-moi donc: Cette balle mortelle

» Qui sillonna ton front, de quelle arme vint-elle?
» Ah! oui, je m'en souviens, ô pauvre infortuné!
» Tu fus aussi martyr! Ils t'ont assassiné!!!

» Que j'aime à rappeler ces jours de notre gloire,
» Où le nom d'un combat est un nom de victoire!
» Allons, mes bataillons, en avant, en avant!
» Kléber, conduis les tiens aux sables du levant;
» Toi, Désaix, au couchant marche d'un pas rapide;
» Toi, Berthier, vers le nord prends un vol intrépide;
» Et le monde est à nous!.... Duc de Montébello,
» L'aile droite a plié!.... Mourir à Waterloo!....
» Là bas, là bas, quelle est cette épaisse fumée?
» Courez, prenez la charge, allez.... TÊTE D'ARMÉE!!

VII.

Peuples de l'univers, à genoux, chapeau bas,
Il n'est plus, il n'est plus, le géant des combats!

Près de son lit de mort, plongés dans les alarmes,
Quels sont ces vieux soldats qui répandent des larmes?
Ah! je les reconnais, ils ne l'ont point quitté
Dans ses temps d'infortune et de prospérité.
Gloire à vous, gloire à vous, ô compagnons fidèles,
D'un noble dévoûment admirables modèles,
Qui, pendant les six ans de son exil amer,
Sur ce roc tourmenté par les flots de la mer,
Avez su, par vos soins, adoucir sa souffrance,
En lui parlant souvent du beau pays de France!
Lascazes, Montholon, Bertrand, Gourgaud, Marchand,
Qu'à vos noms se réveille un souvenir touchant!

VIII.

Arrêtez! car ici, sous cet amas de terre,
D'un volcan apaisé sommeille le cratère.
Arrêtez! c'est ici, sous le saule pleureur

Penché sur ce tombeau, que d'un grand Empereur,
D'un glorieux martyr repose le fantôme.
Que pèsent aujourd'hui les cendres de cet homme!!

L'HOTEL

DES INVALIDES.

1840.

L'HOTEL DES INVALIDES.

1840.

I.

LA France s'est enfin souvenu du cercueil
De l'illustre proscrit qui dort sur un écueil.
Après vingt ans d'oubli, cette ombre consolée
Du fond de son exil est enfin rappelée.
La colonne en bondit, et l'aigle souverain
Agite dans les airs ses deux ailes d'airain.

II.

Salut, salut, dôme des Invalides !
Réjouis-toi, sous tes voûtes splendides
Viendra bientôt un nouveau vétéran
Te demander à prendre aussi son rang.
Réjouis-toi, de ta base à ton faîte,
D'avance il faut de tes habits de fête
Te revêtir. Vous, drapeaux glorieux,
Qu'ont enlevés des bras victorieux,
Et qui brillez autour de cette enceinte,
De tous vos plis réservez l'ombre sainte.
Vous maintenant, canons silencieux,
Et dont la voix sait ébranler les cieux,
Soyez contens, votre bouche enflammée
Va s'enivrer de poudre et de fumée.
Ah! qu'en ce jour, de vos brûlans poumons

Les hurlemens fassent trembler les monts!
Et vous, débris d'une invincible armée
Que du destin le glaive a décimée,
Vaillans soldats, qui sous ces murs épais
Trouvez du moins le bonheur et la paix,
Après avoir blanchi dans les alarmes,
Préparez-vous à répandre des larmes.

III.

Contemplez ces vieillards, en groupe rassemblés :
Le bois a remplacé leurs membres mutilés;
Ils paraissent saisis d'un transport unanime;
De leurs regards éteints la flamme se ranime;
Avec force leur cœur dans leur poitrine bat;
L'on dirait qu'ils sont prêts à marcher au combat.
Ah! c'est que chacun d'eux, dans plus d'une bataille,
De l'orgueilleux colosse a mesuré la taille,

Et vu, comme des nains près de lui se haussant,
Tous les rois, au signal de son geste puissant
Rouler sous son talon leur tête couronnée.
Ah! c'est que chacun d'eux attend cette journée
Où l'ombre du héros, se dressant dans les airs,
Visitera leurs rangs de plus en plus déserts.
Ah! c'est que chacun d'eux, noble et vivante histoire,
Se plaît à rappeler ces tems où la victoire
Suivait les étendards du fameux conquérant
Dont ils sont séparés et qu'enfin on leur rend.
Ecoutez les récits de leur course lointaine
Et de leurs beaux exploits sous le grand capitaine.

Moi, je me trouvais à Lodi,
Parmi ces grenadiers que notre histoire vante,
Et dont le fait d'armes hardi
Dans les rangs ennemis a porté l'épouvante.
Ce fut dans ce combat que notre général
Mérita le surnom de petit caporal.
Et bientôt, à sa voix, Turin, Rome la sainte,

Et Mantoue et Vérone ouvrirent leur enceinte.
Nos superbes drapeaux flottaient de toutes parts;
Vienne, si fière aussi, tremblait dans ses remparts.

Moi, j'étais sur le pont d'Arcole :
Nul de nous n'osait avancer,
Mais lui, comme aux jeux de l'école,
Soudain, on le voit s'élancer.
Autour de lui pleut la mitraille :
C'est en vain, sa valeur la raille,
Et seul, l'étendard à la main,
Il court sur le bronze qui tonne ;
La mort, que son audace étonne,
N'ose s'offrir sur son chemin.

Moi, j'ai toisé des yeux ces hautes pyramides
Qui devant nos exploits courbaient leurs fronts timides.
De Mahomet, partout, les farouches enfans,
En rugissant, mouraient sous nos coups triomphans;
Et la mer d'Aboukir, à leur armée entière,

De ses gouffres ouvrit le vaste cimetière.
J'ai broyé sous mes pieds le sable des déserts
Où la franche oasis, souriant dans les airs,
Promettait vainement à nos lèvres arides
Et des bosquets ombreux, et des sources limpides.
J'eus la peste à Jaffa : c'est là que l'Empereur,
De mon corps ulcéré s'approchant sans horreur,
Le toucha de ses doigts; là, sa voix consolante,
Comme un baume, glissa dans ma veine brûlante;
La force me revint, et je pus suivre encor
Le glorieux colosse au pied du mont Thabor.

Moi, j'ai gravi ces pics dont la cime élancée
Sous nos pas conquérans semblait s'être abaissée.
A Marengo tomba l'Autrichien dompté :
Là, par un biscayen j'eus le bras emporté;
Puis, au camp de Boulogne, effroi de l'Angleterre,
Le héros du destin, le roi du cimeterre
Sur mon sein attacha l'étoile du vainqueur,
Et ce doux souvenir a vécu dans mon cœur.

En Allemagne, moi, j'ai fait mainte campagne;
Moi, j'ai servi, dix ans, dans les dragons d'Espagne;
Moi, j'étais à Fridland, Austerlitz, Iéna;
Moi, j'ai passé les flots de la Bérésina;
De la belle Moscou le terrible incendie
A réchauffé l'ardeur de mon âme engourdie;
Moi, j'ai vu Montmirail, et moi, Fontainebleau;
Moi, j'ai cherché la mort aux champs de Waterloo!

Ces vieillards, à ce nom de sinistre présage,
Se taisent, et des pleurs inondent leur visage.

IV.

Là bas, à l'horizon, un faible point noircit;
Bientôt, de plus en plus, il grossit, il grossit.
Est-ce un navire? Non. Est-ce une île flottante?
Non. Au bord de la mer, la foule est dans l'attente.

Regardez, regardez, sans cesse, en grandissant
Il s'avance : est-ce donc un monstre menaçant
Qui veut nous révéler une race inconnue?
Ses pieds sont dans les flots, sa tête dans la nue.
O superbe géant, de grâce réponds-nous;
En tremblant, devant toi nous tombons à genoux,
Réponds : qui donc es-tu? — Peuple, ce noir fantôme,
Au front audacieux, c'est l'ombre du grand homme!
Quoi, n'entendez-vous pas? l'air vient de s'ébranler,
Et la vague mugit; le géant va parler.

Je te revois, ô rivage de France,
Que je chéris, dont j'ai rêvé toujours;
Ton souvenir allégea la souffrance
Qui dans l'exil a torturé mes jours.
Puisse, en ton sein, ma cendre ranimée,
De ma grandeur retrouver un lambeau.
Daigne accueillir, ô terre bien aimée,
Un vieux soldat qui demande un tombeau.

France, tes fils, si terribles naguère,
Revivent-ils en de nobles enfans?
Comme autrefois, les peuples, dans la guerre,
Admirent-ils tes drapeaux triomphans?
Ah! n'est-ce pas que de ta renommée
Nul ne saurait éteindre le flambeau?
Daigne accueillir, ô terre bien aimée,
Un vieux soldat qui demande un tombeau.

As-tu gardé cette page immortelle
Où sur l'airain respirent nos exploits?
Et ta justice encore marche-t-elle
Sous la bannière où j'ai gravé ses lois?
Est-il toujours des braves de l'armée
Dont l'univers a vu l'éclat si beau?
Daigne accueillir, ô terre bien aimée,
Un vieux soldat qui demande un tombeau.

Et tandis qu'il parlait, la foule sur la rive,
A genoux devant lui, demeurait attentive.

4

Quand il eut dit, l'écho de la mer répéta
Les longs cris de bonheur que la foule jeta.

V.

Viens, grand homme, comme une mère
La France va t'ouvrir son sein :
Combien, en sa douleur amère,
Elle a maudit ton assassin.
Non, non, de ta gloire passée
La splendeur n'est point éclipsée :
Ton nom qui, partout répété,
Sur les flots du siècle surnage,
Ira triomphant, d'âge en âge,
Au temple d'immortalité.

Viens; dans notre pays qui t'aime,
Aucun insensé n'osera

Contre toi crier anathême
Quand ton sépulcre passera.
Mais, devant ton ombre étonnée
La France entière prosternée
Te dira mille fois : salut!
Ses bardes, pour chaque victoire
Que nous retrace ton histoire,
Monteront les cordes du luth.

Viens; tu retrouveras encore
Le bronze où ton règne est écrit,
Ton image qui le décore,
Ton aigle qui n'est plus proscrit;
Devant toi couleront les larmes
De tes anciens compagnons d'armes,
Qui t'ont désiré si long-tems;
Et tes étendards, à ta vue,
Emus d'une joie imprévue,
Dérouleront leurs plis flottans.

Viens; sur la pierre, sur la toile,
Vit ton génie audacieux,
Et l'arc immense de l'Etoile
Raconte tes hauts faits aux cieux.
L'aiguille à l'Egypte arrachée,
Et qui, dans le sable couchée,
Dormait aux plaines de Luxor,
Te rappellera ces journées
Où tes légions déchaînées
Au désert prenaient leur essor.

Viens; la France est toujours reine dans la bataille;
Tes valeureux soldats ont des fils de leur taille,
Qui, suivant saintement la trace de tes pas,
Savent aussi mourir d'un glorieux trépas.
Changarnier, Cavaignac, Bedeau, Lamoricière,
Lelièvre, sont des noms dont notre France est fière.
Au pied du mont Atlas, sous un soleil brûlant,
Qui pourrait arrêter leur intrépide élan?
De ces guerriers fameux le courage sublime

Les égale aux héros du Caire et de Solime.
Viens donc, et que ton ombre, ô superbe vainqueur,
Soutienne dans les camps la force de leur cœur !

VI.

Parmi ses vétérans, il va dormir au temple
Que sans cesse la gloire avec amour contemple ;
Il va trouver enfin un bien plus doux repos
Sous ce dôme orgueilleux de ses nombreux drapeaux.
Merci, merci, vous tous qui nous l'avez rendue
Cette cendre, vingt ans, parmi nous attendue !
Merci ! mais faites plus encore, rappelez
Ses frères et ses sœurs, de la France exilés ;
Sainte race de rois ! comme nous puisse-t-elle
Recevoir les rayons de sa gloire immortelle,
Et, comme nous en proie à de nobles douleurs,
Venir sur son tombeau répandre aussi des pleurs !

FIN.

TABLE.

BIBLIOTHEQUE ROYALE
I

www.ingramcontent.com/pod-product-compliance
Ingram Content Group UK Ltd.
Pitfield, Milton Keynes, MK11 3LW, UK
UKHW020341220726
13923UKWH00004B/1522

9 782019 222086